Anonymus

Freiberger Bier-Comment

Anonymus

Freiberger Bier-Comment

ISBN/EAN: 9783741125096

Hergestellt in Europa, USA, Kanada, Australien, Japan

Cover: Foto ©Andreas Hilbeck / pixelio.de

Manufactured and distributed by brebook publishing software
(www.brebook.com)

Anonymus

Freiberger Bier-Comment

FREIBERGER

BIER - COMMENT.

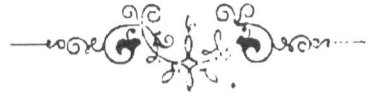

FREIBERG.

BUCHHANDLUNG J. G. ENGELHARDT.

(BERNHARD THIERBACH.)

1862.

§ 1.

Begriff und Zweck.

Der Freiberger Biercomment ist der Inbegriff aller, den daselbst Studirenden beim Kneipen in Bier zustehenden Rechte und obliegenden Pflichten, so wie auch der Gesetze, nach welchen vorkommende Biercrimina zu beurtheilen und zu bestrafen sind.

§ 2.

Durch diesen Biercomment wird jeder frühere, wie auch jeder Usus aufgehoben.

§ 3.

Er ist von jedem Freiberger Studenten bei Strafe des perpetuellen Bierverschisses anzuerkennen.

1 *

4

§ 4.

Eintheilung
der
Personen.

Alle Studenten werden eingetheilt in Burschen und Füchse.

§ 5.

Nach ihrem academischen Alter heissen die Burschen Junghäuser, alte Häuser und bemooste Häupter, und zwar wird das Junghaus nach Beschluss des dritten Semesters altes Haus, und dieses nach beendigtem fünften Semester bemoostes Haupt.

§ 6.

Die Füchse werden eingetheilt in krasse Füchse und Brandfüchse. Der krasse Fuchs wird Brandfuchs nach zurückgelegtem ersten, Bursch resp. Bierbursch nach beendigtem zweiten Semester.

§ 7.

Alle Burschen unter einander und alle Füchse unter einander haben gleiche Rechte.

§ 8.

Das Zutrinken ist ein edler alter Brauch, und besteht darin, dass Jemand durch das Vortrinken eines bestimmten Quantums einen Andern auffordert, ihm dasselbe Quantum nachzutrinken.

Vom Zutrinken.

§ 9.

Will ad exempl. Fusel dem Schnuppe vortrinken, so zeigt er ihm dies mit den Worten an: Schnuppe, ich komme Dir ein Stück, meine Blume, Rest! etc. Ein Stück soll ein Vierteltöpfchen, die Blume das erste Stück sein.

Vom Vortrinken.

§ 10.

Der so Aufgeforderte acceptirt mit den Worten: Es ist recht, — trink's! etc.

§ 11.

Es wird fortgesoffen!!!

§ 12.

Ein vorgetrunkenes Quantum unter einem Stück braucht Niemand anzunehmen, wol aber jedes grössere bis zu zwei Ganzen.

§ 13.

Von Füchsen braucht kein Bursche etwas anzunehmen.

§ 14.

Wird Jemandem ein Halber oder mehr vorgetrunken, so kann er den Vortrinkenden durch die Worte: Trink's doppelt! veranlassen, das Doppelte des Angezeigten zu trinken; muss ihm aber natürlich das Ganze nachtrinken.

§ 15.

Hat der Vortrinkende getrunken, ehe der Andere acceptirt hat, dann braucht letzterer nicht nachzutrinken.

§ 16.

Ueberhört Jemand, dass ihm etwas vor- oder nachgetrunken wird, so zieht das in Gegenwart zweier Bierzeugen Getrunkene doch.

§ 17.

Man darf Keinem vortrinken, dem man noch nachzutrinken hat.

§ 18.

Beim Vortrinken darf nicht abgesetzt werden; jedoch ist dabei die irrige Meinung ausgeschlossen, dass Der, welcher mehrere Ganze vortrinkt, diese aus einem Gefässe trinken müsse.

§ 19.

Ein und dasselbe Quantum darf man Mehreren zugleich weder vor- noch nach-, noch vor- und nachtrinken.

§ 20.

Eine Ausnahme davon ist das sogenannte In die Welt trinken. Dabei trinkt der Nachkommende das Quantum, welches ihm in die Welt vorgetrunken wurde, zugleich seinem Vorgänger nach und einem Dritten vor. Füchse dürfen Nichts in die Welt ausschicken.

§ 21.

Nimmt ein Bursch von einem Fuchs einen Halben oder mehr an, so kann er ihn in die Welt schicken; der Fuchs aber, der ihm vorgetrunken hat, braucht dieses in die Welt geschickte Quantum nicht mehr anzunehmen.

§ 22.

Das in die Welt geschickte Quantum muss mindestens ein Halber sein.

§ 23.

Ist das in die Welt Geschickte bei allen Anwesenden durchgegangen, so hat der letzte, bei dem

es sitzt, dasselbe dem heiligen Gambrinus vorzutrinken oder in den Bauch zu saufen; beides aber laut
zu annonciren.

§ 24.

Wollen Mehrere Jemandem gemeinschaftlich ein
grösseres Quantum vortrinken, so zeigen sie ihm dies
mit den Worten an: z. B.: Thran, mit so und so viel
in die Luft gesprengt. Hierbei muss jeder Einzelne
mindestens einen Halben, darf aber höchstens einen
Ganzen trinken.

In die Luft
sprengen.

§ 25.

Um weit Entfernten vorgetrunkene Quanta an-
zuzeigen, bedient man sich des sogenannten Bier-
zettels, eines Actenstücks, auf welchem die Namen
und Quanta der Vortrinkenden und Derer, denen vorgetrunken wird, deutlich verzeichnet sind.

Vom
Bierzettel.

§ 26.

Jeder Bierzettel muss von einem bierehrlichen
Burschen unterschrieben sein, und es garantirt dieser
mit seinem grand Cerevis für die Richtigkeit der
Angaben. Eben so bei der Zurücksendung.

§ 27.

Vom
Nachtrinken. Jedes commentmässige vorgetrunkene Quantum
muss binnen fünf Bierminuten nachgetrunken, und
dieses mit den Worten geschehen, z B.: Fusel ich
trinke, oder komme dir nach. *)

§ 28.

Hat Jemand mehr als einem Ganzen nachzukommen, so kann er nach jedem einzelnen fünf
Bierminuten pausiren.

§ 29.

Bei einem Ganzen darf der Nachtrinkende drei
Mal absetzen, bei weniger, gar nicht.

§ 30.

Vom Tempus
utile. Versäumnisse im Nachtrinken können durch
Tempus utile entschuldigt werden; während der

---

*) Fünf Bierminuten sollen im Allgemeinen drei Civil-
minuten gleich sein, jedoch über ihre Dauer kein elender
Chronometer als Autorität ziehen, sondern das Urtheil
eines bierehrlichen Burschen genügen.

Dauer dieser Tempora ist man von der stricten Erfüllung seiner Bierpflichten überhaupt entbunden.

§ 31.

Tempora utilia sind:

1) Momentaner Mangel an Bierstoff.
2) Silentium auf der Kneipe.
3) Die Zeit, während der Jemand beim Bierconvente fungirt oder eine Biersuite ausmacht.
4) Die Zeit, welche Jemand zu körperlichen Expectorationen jeder Art nöthig hat.

§ 32.

Kommt Jemand nicht zur bestimmten Zeit nach, so kann man ihn treten.

§ 33.

Treten ist die ernstliche Ermahnung zur Erfüllung eingegangener Bierverbindlichkeiten. Es geschieht mit den Worten: z. B.: Schnuppe! zum ersten Male getreten, zum zweiten, dritten und letzten Male getreten.

§ 34.

Zwischen jedem Tritte müssen fünf Bierminuten
verflossen sein.

§ 35.

Füchse dürfen keinen Burschen selbst treten, sie
dürfen höchstens durch einen Burschen freundlichst
erinnern lassen.

§ 36.

Wer nach dreimaligem Treten nicht nachkommt,
kann von jedem bierehrlichen Burschen sofort beigesteckt werden.

§ 37.

Entstehen beim Vor- oder Nachtrinken Zweifel
über die Richtigkeit, so entscheiden zwei Bierzeugen,
im Nothfalle einer.

§ 38.

Vom ex pleno
trinken.

Schon vor Jahrhunderten gab Gott Gambrinus
dem Burschen die Zuchtruthe des ex pleno Bietens in

die Hand; schon damals aber hing auch die milde
Devise daran: Quäle nie ein Thier zum Scherz.

§ 39.

Ex pleno bieten, heisst einen Fuchs zur Er-
leuchtung seines Bierverstandes oder zur Züchtigung
seiner angeborenen Ueppigkeit eine gewisse Menge
Bieres in den verwerflichen Bauch einpumpen zu
lassen.

§ 40.

Das ex pleno Bieten geschieht mit den Worten:
z. B.: Schnutz trink ex pleno zum Ersten, zum Zweiten, zum Dritten und Letzten; wobei der Bietende von
seinem Biere nippt.

§ 41.

Jeder Fuchs muss ex pleno trinken.

§ 42.

Das Quantum des ex pleno zu Trinkenden, steht
im Ermessen des Burschen.

§ 43.

Der ex pleno Trinkende darf bei jedem Ganzen nie öfter als zwei Mal absetzen, thut er dies überhaupt, dann kann ihn der Bursch durch die Worte: Sauf weiter zum Ersten, Zweiten, Dritten, dazu veranlassen weiter zu trinken.

§ 44.

Hat der strafbare Fuchs nach dem Ermessen des ex pleno Bietenden genug getrunken, so giebt dieser ihm mit den Worten: Es ist geschenkt! das willkommene Zeichen zum Aufhören.

§ 45.

Hat ein Bursch einem Fuchs noch nachzukommen, oder ist er in Bierscandal mit ihm verwickelt, dann darf er ihm nicht ex pleno bieten, bevor er nachgekommen ist oder ausgepaukt hat.

§ 46.

Vom pro pœna trinken.

Gebietet ein nicht präsidirender Bursch Silentium, commandirt er einen Salamander oder ein Bierver-

gnügen ohne vom Präses die Erlaubniss zu haben;
stört er ein vom Präsidirenden angestimmtes Lied
oder singt er nicht mit, so kann ihm dieser selbst,
oder wenn er seinem Scharfblicke entgangen ist, der
Copräses pro pœna bieten.

§ 47.

Dieses geschieht analog dem ex pleno Bieten
und Trinken. Mehr als ein Ganzer soll nicht pro
pœna geboten werden.

§ 48.

Unter Bierscandal versteht man das commentmässige Contrahiren und Ausmachen einer Biersuite.

Vom Bier-
scandal.

§ 49.

Das commentmässige Contrahiren geschieht durch
den Biertouche: Du bist gelehrt, oder durch das
Vortrinken eines Restes mit den Worten: Ich
komme dir meinen schäbigen Rest u. drgl.

§ 50.

Auf diesen Touche erfolgt entweder eine Forderung
oder ein Uebersturz, der nie revocirt werden darf.

§ 51.

Die Forderung geschieht mit den Worten: Du bist gefordert; überstürzt wird in folgender Reihenfolge:

auf gelehrt $\frac{1}{4}$ Töpfchen ein Doktor $\frac{1}{2}$
auf Doktor $\frac{1}{2}$ „
mit Papst 1 „ hierauf
„ Seraph 2 „ „
„ Weltmeer 4 „ „
„ Christenheit 8 „ „
„ Gottesacker 16 „ endlich
„ Stadtrath 32 „

§ 52.

Genügt Jemandem eine Forderung nicht, so sagt er zum Fordernden: Ich revocire auf Biermanchetten, du renommirst! worauf dieser ihm den nächst höheren Touche aufbrummen muss.

§ 53.

Ist die Forderung angenommen, so muss sie nach dreimaliger Citation, die analog dem Treten erfolgt, ausgepaukt werden.

§ 54.

Zu diesem Ende haben sich die Paukanten mit
ihren Waffen und Secundanten, der Geforderte mit
einem Unpartheiischen, auf den Bierkampfplatz zu
stellen.

§ 55.

Unpartheiischer und Secundant kann nur ein
bierehrlicher Bursch sein, und ist jeder verpflichtet,
dieses Amt anzunehmen. Im höchsten Nothfalle nur
dürfen alte Brandfüchse, und zwar nur Füchsen,
secundiren.

§ 56.

Der Unpartheiische ist auf grand Cerevis verpflichtet, die Richtigkeit der Quanta zu beurtheilen
und die Gleichheit herzustellen, letzteres kann durch
Abtrinken geschehen.

§ 57.

Grand Cerevis vertritt in Biersachen die Stelle
des Eides im bürgerlichen Leben, ist also der Bier-Eid.

2

§ 58.

Die Gleichheit der Quanta publicirt der Unpartheiische mit den Worten: Arma sunt paria. Der Secundant des Geforderten commandirt hierauf: Ergreift die Waffen! Der Gegensecundant: Stosst an! Der erste: Setzt an! Der andere: Los!

§ 59.

Bei dem ersten Commando haben die Paukanten ihre Gläser zu fassen, beim zweiten auf die Biertafel aufzustossen, beim dritten an den Mund zu setzen, beim vierten und letzten auszutrinken.

§ 60.

Vor dem Commando: Los! kann jeder Secundant bei gleicher Bierqualität die Waffen wechseln lassen.

§ 61.

Hat der Paukant ausgetrunken, so stösst er das leere Glas auf die Biertafel; wem dieses zuerst gelingt, der ist Sieger, und hat den Andern angeschissen.

19

§ 62.

Den Anschiss hat der Unpartheiische zu publiciren, ausserdem darauf Rücksicht zu nehmen, ob ein
Paukant mehr als tropfenweise blutet, ob das Glas
bei dem Commando: Stosst an! zerbricht oder endlich,
ob im Glase so viel Bier zurückgeblieben, dass der
Boden noch bedeckt ist.

§ 63.

Lässt sich einer der Paukanten Commentwidrig-
keiten zu Schulden kommen, so ist er angeschissen;
kommen solche bei beiden vor, dann ist die Biersuite ungiltig.

§ 64.

Commandirt ein Secundant falsch, so kann ihn
der Gegner abtreten lassen, und hängt mit ihm auf
dasselbe Quantum als die Paukanten.

§ 65.

Ist die Expansion eines Biermagens derartig ge-
stiegen, dass eine weitere Belastung nicht allein dem

Bier-
krankheiten.
Bierimpotenz.

2*

betreffenden Eigenthümer, sondern auch der Nachbarschaft durch Explosion gefährlich werden könnte, so ist es besagtem Individuum gestattet, wenn zwei bierehrliche Burschen obigen Zustand constatiren, sich für bierimpotent erklären zu lassen.

§ 66.

Dieses geschieht mit den Worten: Ad publicandum! z. B.: Kaimau ist bierimpotent.

§ 67.

Durch diese Publication wird der Bierimpotente seiner Bierrechte und Pflichten ledig. Sobald er aber wieder Bier trinkt, wird er sofort bierpotent, und muss auch den vor der Publication an demselben Kneiptage eingegangenen Bierverbindlichkeiten nachkommen.

§ 68.

Von der Bierkraukheit.   Eine allotropische Modification der Bierimpotenz ist die Bierkrankheit.

§ 69.

Erlaubt nämlich einem sein Gesundheitszustand nicht, grössere Bierquanta zu trinken, so kann er sich durch einen bierehrlichen Burschen für bierkrank analog der Erklärung für bierimpotent publiciren lassen.

§ 70.

Ein Bierkranker ist zwar nicht bierunehrlich und kann Bier trinken, aber weder in Bier touchiren, noch touchirt werden. Auch kann er ex pleno bieten und vor- und nachtrinken, braucht jedoch ein vorgetrunkenes Quantum nicht anzunehmen.

§ 71.

Bierverschiss ist eine Strafe, welche über Jemanden verhängt, diesen seiner gesammten Bierrechte für immer oder zeitweilig verlustig macht.

Vom Verlust der Bierehre. Vom Bierverschiss.

§ 72.

Nach diesem Eintheilungsgrunde zerfällt der Bierverschiss in den perpetuellen und temporären, dieser wieder in den einfachen und geschärften.

§ 73.

Jeder bierehrliche Bursch kann Jeden in Bierverschiss stecken und zwar mit den Worten: „Ad
publicandum!“ z. B.: „Dose, ist Bierschisser, ein bierehrlicher Fuchs kreide ihn an!“ worauf sein Name
an die Bierschissertafel richtig angekreidet wird. Ist
der Name falsch angeschrieben, so zieht die Erklärung nicht.

§ 74.

Der auf irgend einer Kneipe in und um Freiberg verhängte Bierverschiss gilt auf allen.

§ 75.

In den einfachen Bierverschiss führt:

1) Wer ein commentmässiges, vorgetrunkenes
   Quantum nicht annimmt oder nach dreimaligem Treten nicht nachtrinkt. (Ausnahme-
   fall siehe Bierkrankheit.)
2) Wer bei Erfüllung seiner Bierpflichten auf
   irgend eine Weise mogelt.
3) Wer auf einen ihm aufgebrummten Biertouche

nicht stürzt oder fordert. (Ausnahme siehe Bierkrankheit.)

4) Wer die Redensart: „Ich komme Dir Nichts" gebraucht.

5) Wer ohne Grund und mit Willen Bier vergeudet.

6) Wer zufällig Bier vergiesst oder schiesst und dabei das: „Ohne (Bier zu vergeuden oder zu schiessen)" vergisst.

7) Wer beim Nachtrinken eines Ganzen öfter als drei Mal absetzt.

8) Wer einen, mit dem er bereits hängt, nochmals touchirt.

9) Wer nach dreimaliger Aufforderung sich ohne triftige Gründe weigert, beim Bierscandal oder im Bierconvente zu fungiren.

10) Wer als Unpartheiischer fünf Bierminuten nach der Biersuite noch nicht oder notorisch falsch entschieden hat.

11) Wer nach dreimaliger Aufforderung nicht ex pleno oder pro pœna trinkt.

12) Wer einem Burschen ex pleno bietet.

13) Der Fuchs der überhaupt ex pleno bietet oder in die Welt vortrinkt.

14) Wer einem Bierschisser ex pleno bietet.

15) Jeder Fuchs der einen Burschen selbst tritt.

16) Wer einen Bierehrlichen Bierschisser nennt, oder als solchen behandelt.

17) Wer ohne Grund einen Bierehrlichen an, oder einen Bierschisser von der Tafel kreidet, oder sonst etwas anschreibt oder weglöscht.

18) Wer Jemanden in den Bierverschiss steckt und nicht binnen fünf Bierminuten ankreiden lässt oder selbst ankreidet.

19) Der beim Herauspauken Commandirende, welcher den weiland Bierschisser nicht binnen fünf Bierminuten als bierehrlich publicirt und auskreiden lässt.

20) Gesammter gegenwärtige bierehrliche Fuchs, wenn fünf Bierminuten nach geschehener Aufforderung des Publicirenden oder herauspaukenden Commandirenden, der Name des Bierschissers nicht an- oder ausgekreidet ist.

21) Wer sich mit einem Bierschisser in Biergemeinschaft einlässt. Einzelne Fälle wären:
a) Wer einem Bierschisser Bier giebt oder schiesst.
b) Wer mit einem Bierschisser anstösst (ausser beim Herauspaucken) oder ihm vor- oder nachtrinkt.

c) Wer sich mit einem Bierschisser in Bier
scandal einlässt oder ihn zum Unpartheiischen
oder Secundanten wählt.

d) Wer einen Bierschisser in den Bierconvent
oder durch einen solchen einen Bierconvent ›
berufen oder überhaupt eine bierehrliche Hand-
lung ausüben lässt.

e) Wer in einem Bierconvent sitzt oder zeugt,
in welchem ein Bierschisser sitzt oder zeugt ↗
oder den ein Bierschisser berufen hat.

22) Wer vor dem Bierconvente rauchend oder
nicht anständig gekleidet erscheint.

23) Der Zeuge, welcher sich ohne triftigen Grund
vom Bierconvente drückt oder nicht erscheint.

24) Wer während des Kneipabends pfeift.

25) Wer sein grand Cerevis negativ oder contra
giebt. Negativ oder besser auf negative That
sachen giebt Jemand sein grand Cerevis, wenn
er durch diesen Biereid bekräftigt, er könne
bezeugen, dass ein Anderer irgend Etwas nicht
gethan habe.

§ 76.

In den geschärften Bierverschiss fährt der einfache Bierschisser, welcher

1) Nach dreimaligem Treten sich noch nicht aus
   dem Bierverschiss gepaukt hat; das Treten erfolgt analog wie beim Vor- und Nachtrinken,
   die Publikation wie beim einfachen Bierverschiss.

2) Der sich als solcher gegen Bierehrliche oder
   Bierschisser bierehrlich gerirt.

3) Welcher eines der Biercrimina begeht, auf die
   der einfache Bierverschiss gesetzt ist.

4) Der auf der Kneipe ulkt.

5) Als Kläger seinen vorbehaltenen Bierconvent
   binnen drei Tagen ohne triftigen Grund nicht
   berufen hat.

6) Der Kläger, der beim Bierconvente ohne triftige Entschuldigung nicht erscheint.

§ 77.

Vom perpe-
tuellen Bier-
verschiss.

Ein perpetueller Bierschisser ist ein in der
Weise durch die gröbsten Verstösse gegen die heilig-
sten Gebräuche des Biercomments herabgekommenes
Individuum, dass es geächtet von den Verehrern
Sanct Gambrini, nicht wagen darf, und nicht werth
ist, in ihrer Gesellschaft sich dem Genusse des edlen
Cerevises hinzugeben.

§ 78.

In den perpetuellen Bierverschiss fährt:

1) Jeder Freiberger Student, welcher diesen Bier-
comment nicht anerkennt.

2) Wer sein grand Cerevis falsch giebt.

3) Wer sich nach vierzehntägiger Frist noch nicht
aus dem geschärften Bierverschiss gepaukt hat.

Als Entschuldigungsgründe sollen nur Krankheit
oder Abwesenheit ziehen.

§ 79.

Die verwirkte Bierehre erlangt man wieder durch Von der Wie-
die Entscheidung eines richtigen Bierconvents oder dererlangung
durch das Herauspauken. der Bierehre.

§ 80.

Aus dem einfachen Bierverschiss paukt man Vom Heraus-
sich heraus durch das Trinken eines Ganzen, und pauken.
hat dies so zu erfolgen: Der vom Bierschisser aufgeforderte Commandirende verkündet das Herauspauken durch: Ad publicandum! z. B.: „Dose paukt
sich aus dem einfachen Bierverschiss," worauf der

Bierschisser sein Glas ergreift und beim Commando „Stosst an" auf die Biertafel stösst, bei „Setzt an" dasselbe zum Munde führt und bei „Aus" austrinkt.

§ 81.

Der Commandirende publicirt hierauf den ehemaligen Bierschisser als wieder bierhonorig durch: Ad publicandum! z. B.: „Dose ist wieder bierhonorig, ein bierehrlicher Fuchs kreide ihn aus." (Beifahren der Füchse wie beim Ankreiden.)

§ 82.

Paukt sich ein geschärfter Bierschisser heraus, so geschieht dieses durch das Trinken eines Ganzen in den einfachen, und nach fünf Bierminuten durch das Trinken eines zweiten aus diesem heraus.

§ 83.

Der Bierschisser darf sich nur selbst aus dem Bierverschiss pauken.

§ 84.

Wer sich nach dreimaligem Treten nicht aus

dem geschärften Bierverschiss gepaukt hat, kann vom
Präses von der Kneipe geschickt werden.

§ 85.

Durch den Bierverschiss werden alle vor demselben eingegangenen Bierverbindlichkeiten aufgehoben.

§ 86.

Aus dem perpetuellen Bierverschiss giebt es
selbstverständlich kein Herauspauken.

§ 87.

Der Bierconvent ist jener aus bierehrlichen, auf
grand Cerevis verpflichteten Burschen zusammen-
gesetzte Gerichtshof, der bei vorkommenden Bier-
streitigkeiten über Recht und Unrecht zu entscheiden
und die Schuldigbefundenen zu bestrafen hat.

*Vom Bier-
convente.*

§ 88.

Während des officiellen Kneipabends und auf
Exkneipen nach Mitternacht darf kein Bierconvent
berufen werden, und sollen nicht zwei zugleich auf
derselben Kneipe sitzen.

§ 89.

Der Bierconvent hat zwei Instanzen, den speciellen und den allgemeinen Bierconvent.

§ 90.

Vom speciellen
Bierconvente. Der specielle Bierconvent ist aus drei bierchrlichen Burschen zusammengesetzt, von denen einer als erster Bierrichter das Präsidium hat, die Verhandlungen leitet und Silentium und pro pœna bieten kann. Der zweite Bierrichter hat keine besonderen Funktionen kann daher im äussersten Nothfalle ein Brander sein. Der dritte besorgt die Citationen und die Publication.

§ 91.

Jeder Bursch kann sich einen Bierconvent vorbehalten und geschieht dieses mit der Formel: Ad publicandum! Ich behalte mir einen Bierconvent gegen P. P. Mogel vor, darinn soll sitzen Onkel als erster, Kaiman als zweiter, Fusel als dritter Bierrichter. Als Zeugen habe ich zu nennen P. P. Unke und Lonk."

§ 92.

Will der Angeklagte einen der Bierrichter als

Zeugen benützen, so kann er ihn als Bierrichter ver-
werfen, und muss der Kläger einen andern stellen.

§ 93.

Nur ein bierehrlicher Bursch kann sich einen
Bierconvent berufen. Einem Bierschisser steht bloss
das Vorbehalten zu; dieses muss fünf Bierminuten
nach der Publication in den Bierverschiss geschehen,
und wird danach der Name des Bierappellanten an
der Tafel eingeklammert und dieser bis zur Verkündigung des Urtheils bierehrlich.

§ 94.

Das Berufen eines Bierconvents geschieht analog
dem Vorbehalten, und muss sich ein berufener Bierconvent sofort constituiren.

§ 95.

Füchse dürfen sich einen Bierconvent weder
selbst berufen noch vorbehalten.

§ 96.

Ein vorbehaltener Bierconvent muss binnen drei
Tagen berufen werden; geschieht dies nicht, so werden

die Klammern an der Bierschissertafel vom Namen des säumigen Appellanten gelöscht und fährt dieser in den geschärften Bierverschiss.

§ 97.

Nachdem der Kläger den Bierconvent berufen hat, stellt er die ·Caution. Sie besteht aus drei bis sechs Seideln Lagerbier. Der erste Bierrichter publicirt das Zusammentreten des Convents durch: „Silentium! Der Bierconvent hat sich constituirt."

§ 98.

Hierauf ladet der dritte Bierrichter den Kläger durch: „Kläger Citatus!" vor den Convent wo dieser seine Klage vorzubringen und sein petitum dahin zu stellen hat, dass der Angeklagte beifahre und die Caution bezahle, er aber für bierehrlich erklärt und von Allen freigesprochen werde.

§ 99.

Dann wird der Beklagte citirt, die Klage ihm bekannt gemacht, seine Vertheidigung, und falls er Entlastungszeugen hat, deren Namen angehört.

§ 100.

Weder Kläger noch Angeklagter dürfen ihre Aussagen auf grand Cerevis thun, die Zeugen aber, im Nothfalle einer, sind auf grand Cerevis verpflichtet, ihre Aussagen der Wahrheit gemäss zu thun.

§ 101.

Nachdem der Beklagte abgetreten ist, werden seine Zeugen citirt und abgehört; sodann der Kläger mit der Zeugenaussage oder der des Beklagten bekannt. gemacht und seine Belastungszeugen gehört.

§ 102.

Der dritte Bierrichter publicirt jetzt nach der Frage: „Hat noch Jemand Etwas vorzubringen," wenn dies nicht der Fall ist, den Schluss der Untersuchung mit: „Acta clausa!"

§ 103.

Nun bespricht der Bierconvent den vorliegenden Fall mit grösster Genauigkeit und Schärfe, und schreitet endlich zur Abstimmung über Recht oder

3

Unrecht und das Strafausmass. Hat er sich darüber geeinigt, so publicirt der dritte Richter das Erkenntniss mit der feierlichen Bierformel: „Es hat einem hochweisen, stets infalliblen Bierconvente gefallen, dass — — — —, und das von Rechts wegen." Nach Vollstreckung des Urtheils erklärt der erste Bierrichter den Bierconvent durch das: „Bierconvent ex!" für aufgelöst.

§ 104.

Erscheint der Angeklagte nicht vor dem Bierconvente, so wird er nach geschehener dreimaliger Citation in contumaciam beigesteckt. Erscheint der Kläger nicht, so fährt er in den geschärften Bierverschiss und bezahlt die Caution.

§ 105.

Fühlt sich der Verdonnerte durch das Urtheil des speciellen Bierconvents beeinträchtigt, oder glaubt einer der Anwesenden es seien Formfehler im Gange desselben vorgefallen, so kann er sich einen allgemeinen Bierconvent vorbehalten oder berufen.

§ 106.

Der allgemeine Bierconvent besteht aus allen, bei seiner Berufung gegenwärtigen, bierehrlichen Burschen; doch müssen es mindestens fünf sein. Vorzubehalten ist der allgemeine Bierconvent, fünf Bierminuten nach Publication des Urtheils des speciellen, und muss er binnen acht Tagen berufen werden; geschieht dies nicht, dann bleibt das Urtheil des speciellen Bierconvents in Kraft, und es fährt der Vorbehaltende in den einfachen respective geschärften Bierverschiss.

Vom allgemeinen Bierconvente.

§ 107.

Der Vorbehaltende oder Berufende hat den Grund seiner Berufung zu publiciren, worauf der beklagte Bierconvent einen der drei Bierrichter zum Vertreter vor dem allgemeinen Bierconvente und seine Zeugen zu wählen hat.

§ 108.

Die Caution beim allgemeinen Bierconvente soll höchstens zwei Seidel Lagerbier für jeden einzelnen Bierrichter betragen, und ist vor dem Zusammentreten derselben vom Kläger zu stellen.

3*

§ 109.

Der älteste anwesende Corpsbursch hat beim
allgemeinen Bierconvent den Vorsitz, leitet die Verhandlungen und hat bei Stimmengleichheit zwei
Stimmen.

§ 110.

Erkennt der allgemeine Bierconvent den speciellen für schuldig, so kann er ihn nur in die
Caution des allgemeinen verdonnern, nie aber denselben in Bierverschliss stecken. Auch steht es dem
allgemeinen Bierconvente zu, das Urtheil des speciellen nach Ermessen abzuändern.

§ 111.

Vom
Präsidium.

Das Präsidium auf der Kneipe haben zwei bierehrliche Burschen, deren Recht und Pflicht es ist, die
Ordnung auf der Kneipe aufrecht zu erhalten. Sie
nehmen die Ehrenplätze an den beiden Enden der Bier-
tafel-ein und haben, wenn sie sich entfernen wollen,
einen andern bierehrlichen Burschen an ihre Stelle
zu dirigiren.

§ 112.

Der erste Präses allein hat das Recht Silentium
zu gebieten, Lieder anzustimmen, Salamander und
Biervergnügen zu commandiren und pro pœna zu
bieten; jeder Andere muss sich die Erlaubniss dazu
von ihm erbitten.

§ 113.

Der zweite Präses ist dem ersten in seinem
Ehrenamte beigeordnet. Er hat das Gebieten von
Silentium und Silentium ex zu wiederholen und kann
nach eingeholter Bestätigung des ersten Präsidirenden
auch pro pœna bieten.

§ 114.

Nach Beendigung jedes vom Präses angestimm-
ten Liedes trinkt dieser seinem Copräses ein Stück
mit den Worten: „Smollis Bruder Präses" vor, dieser
acceptirt mit „Fiducit!" Nun kann der erste Präsidirende pro pœna bieten, wenn Störungen vor-
gekommen sind; war dies nicht der Fall, so trinkt
er Allen ein Stück mit den Worten: „Smollis ihr
Brüder!" vor, und diese trinken mit: „Fiducit!" nach.

38

§ 115.

Bei allgemeinen Kneipereien stellt das präsidirende Corps die Präsiden.

§ 116.

Vom
Fuchsmajor.

Jedes cultivirte Volk bedarf, soll es gedeihen,
eines leitenden Haupts, um wie viel bedürftiger ist
ein uncultivirtes, — die Horde der Füchse eines
kräftigen Herrschers. — Dieser ist der Fuchsmajor.

§ 117.

Fuchsmajor ist womöglich der jüngste Corpsbursch, und hat er am Kneipabende als Abzeichen
das Corpsburschen- und Fuchsband gekreuzt zu tragen.

§ 118.

Er hat den Füchsen als ein leuchtendes Exempel
voranzugehen und sie namentlich durch fleissiges Ein-
pauken im Biercomment, zu würdigen Nachfolgern im
Amte heran zu bilden.

§ 119.

Der Fuchsmajor hat das Recht, gesammtem Fuchs zugleich vorzutrinken. Dagegen dürfen allerdings wieder die Füchse ihr specielles Oberhaupt, wenn es lange Nichts von sich hören lässt, durch die bekannten Strofen an ihr üppiges Dasein erinnern.

§ 120.

Bei allgemeinen Kneipereien verlieren alle Fuchsmajore ihr Recht zu Gunsten des Fuchsmajors des präsidirenden Corps. Alle Fuchsmajore jedoch müssen die vom Präsidirenden vorgetrunkenen Quanta mit vortrinken.

§ 121 = (§ 11)².

$$\left(\text{🦊} ! \right)^2$$

Des schönsten Cirkels Quadratur,
Hier steht sie klar und offen:
„'s wird ewig fortgesoffen!“

Leipzig,
Druck von A. Th. Engelhardt.

ad. v. Steinmetz i Hornemann, Messer

Nachtrag

zum

Freiberger

Bier-Comment.

Freiberg 1869.

J. G. Engelhardt'sche Buchhandlung.

(M. Isensee.)

der Nächste eine Karte aus u. s. f. bis Alle passen.
Nimmt Jemand 2 Blätter auf einmal, so muss er
dann passen. Haben Alle gepasst, so legt Jeder
seine Karten auf und bekommt der, welcher die
schlechtesten Karten hat, 20 angeschrieben. Man
muss Folgendes zu bekommen suchen: Grosses
Sequens (ist das Höchste): Ober, König, Taus in
einer Farbe; tiefer stehen die anderen Sequenz
z. B. Unter, Ober, König etc. Nach Sequens
kommt Kunststück: 3 Blätter desselben Ranges.
Noch niedriger stehen 3 Blätter von denselben Farben; ferner 2 oder 3 Farben.

3. Tour:
Schnipp - Schnapp - Schnurr.

Der Herauskommende legt irgend ein Blatt
heraus, indem er Schnipp sagt; dann wird mit
Schnapp das nächste Blatt derselben Farbe heraus-
gelegt etc. mit Schnurr, Purr, Ex. Jeder sucht
so schnell wie möglich mit seinen Karten fertig zu
werden. Ist der Erste ex, so zählen jede Karten
der Uebrigen 1 Point, ist der Zweite ex, 2 Points etc.
bis Alle ex sind.

4. Tour:
Bilder plus.

Es muss Jeder sehen möglichst viele Bilder
in seine Stiche zu bekommen. Bilder sind alle

Karten vom Ass bis mit Zehn. Ist das Spiel beendigt, so bekommt der, welcher gar kein Bild hat, soviel angeschrieben, als der beste Spieler Bilder hat; bei den Uebrigen wird die Bilderzahl von der höchsten abgezogen und der Rest dem Betreffenden angeschrieben.

5. Tour:
Rothe Tour.

Jedes Blatt Roth kostet Strafe für den Stichnehmer und zwar die Sieben 1 Point, die Acht 2 Points, die Neun 3 Points etc.

6. Tour:
Rother König.

Wer den rothen König in seinen Stich bekommt, erhält 20; primirt und ultimirt zählt doppelt.

7. Tour:
7, 8, 9.

Der Herauskommende resp. nachdem dieser „weiter" gesagt, der Nächste oder Uebernächste beginnt mit einer 7, indem er diese ansagt, und setzt die Reihe, immer dabei anfangend, ohne Rücksicht auf Farbe mit 8, 9, 10 etc. fort. Fehlt ihm ein Blatt in der Reihe, so hat er zum Nächsten „weiter" zu sagen. Den rothen und grünen Ober kann man für jedes Blatt geben. Ist Einer mit seinen Karten fertig, so sagt er „ex" und kostet dann jedes übrig gebliebene Blatt für den Inhaber 1 Point; wird ein Zweiter fertig, so kostet jedes Blatt 2 Point etc.

8. Tour:

Fressen.

Es erhält Jeder 3 Karten. Wer den ersten Stich erhält, kommt weiter und so fort bis Einer mit seinen Karten fertig ist. Hat der Nächste die angezogene Farbe nicht, so muss er fressen, d. h. von den noch daliegenden, unausgetheilten Karten der Reihe nach so viel kaufen, bis er die Farbe findet. Sind alle Karten ausgekauft und hat Einer die angezogene Farbe nicht, so muss er das resp. die ausgespielten Blätter zu den Seinigen herein-nehmen. Ist der Erste fertig, so werden die Uebrigen mit einfacher Notirung ihrer Kartenzahl bedacht, ist der Zweite fertig mit doppelter etc.

9. Tour:

Bilder minus.

Es hat Jeder darauf zu sehen, möglichst wenig Bilder in seine Stiche zu bekommen. Jedes Bild kostet 1 Point für den Inhaber des Stiches.

2

10. Tour:

Krabbeln.

Der Kartengeber lässt abheben. Der Nachbar zur Linken bestimmt ein Blatt und nun hebt Jeder der Reihe nach Blätter ab, soviel er will, indem er laut dazu zählt. Der, welcher das bestimmte Blatt aufhebt, bekommt soviel angeschrieben, als die dabei genannte Zahl angiebt. Es wird so lange abgehoben, als die Karten noch um den Tisch langen.

11. Tour:

Stich bestimmen.

Der linke Nachbar des Kartengebers bestimmt beim Abheben 2 Stiche, z. B. den zweiten und dritten und wer nun einen der bestimmten Stiche erhält, bekommt für Jeden 10 angeschrieben. Der erste und letzte Stich darf nicht bestimmt werden.

12. Tour:

Unter-Tour.

Der Schell-Wenzel kostet 2, der rothe 4, der grüne 6, der Eichel-Wenzel 8 Points für den Stichnehmer. Primirt und ultimirt zählt doppelt.

zu §. 14.

Das Veranlassen muss jedoch sofort geschehen.

statt §. 15.

Will der Vortrinkende das überstürzte Quantum nicht trinken, so braucht der Andere auch das zuerst annoncirte Quantum nicht anzunehmen.

zu §. 27.

*) Fünf Bierminuten sollen pp....., sondern das Urtheil von 2 bierehrlichen Burschen genügen. Nur im Nothfall genügt einer. Diese beiden Bierzeugen hat der, welcher nachzutrinken hat, zu ernennen.

zu §. 30.

Lässt Jemand sein Deckelglas aufstehen, so kann das darin enthaltene Bier geschossen werden.

1 *

zu §. 75.

19) Derjenige, der den beim Herauspauken
Commandirenden in den Bierverschiss steckt, hat
den herausgepaukten Bierschisser zugleich als bierehrlich erklären und auskreiden zu lassen.

zu §. 78.

In den perpetuellen Bierverschiss kann Jemand
nur durch ein Gericht von mindesten 8 bierehrlichen
Burschen gesteckt werden und zwar müssen dann
mindestens dreiviertel dafür sein. Caution wird in
diesem Falle nicht gestellt.

statt §. 93.

Behält sich ein Bierschisser einen Bierconvent
vor, so muss dies binnen 5 Bierminuten nach Publikation des Bierverschiesses geschehen und wird
dann der Name des Bierappellanten an der Tafel
eingeklammert und dieser bis zur Verkündigung
des Urtheils bierehrlich; worauf er zu jeder Zeit
während drei Tagen das Biergericht einberufen
kann.

statt §. 95.

Füchse können sich nur durch einen bierehrlichen Burschen einen Bierconvent vorbehalten und
berufen lassen.

statt §. 115.

Bei allgemeinen Kneipereien soll jedes Corps
einen Präsiden stellen und hat dann das präsidirende
Corps den ersten Präsiden.

Anhang.

Bierspiele.

I.

Bierscat.

1.

Der Scat ist ein Bierspiel, das mit den Karten von der Sieben bis zum Ass unter wenigstens 3 Personen gespielt wird.

2.

Der Bierscat wird wie der gewöhnliche Scat gespielt. Er hat seinen Namen von dem Bier, das zum Spiele getrunken und um dessen Bezahlung gespielt wird.

8

3.

Die Berechnung der einzelnen Spiele des Bier-
scats ist gleich der des gewöhnlichen Scats.

Anmerkung 1. Hat der Spieler 30 Points, so ist
er noch Schneider, hingegen die beiden Gegenspieler mit
30 aus dem Schneider sind.

Anmerkung 2. Null steht zwischen Grün und Eichel-
solo und kostet 20.

4.

Die Spieler schreiben den Betrag ihres Ver-
lustes vor sich auf den Tisch und addiren dazu
das, was sie noch verlieren. Unter 3 Spielern
zählen 60 Points als ein Strich, unter 4 Spielern
80 Points. Die andern Spieler, die noch nicht 60
resp. 80 haben, sobald ein oder mehrere Striche
herausgekommen sind, löschen ihre Zahlen aus.
Wenn sie dies nicht gethan haben bis zu dem Zeit-
punkte, an dem das erste Blatt des nächsten Spieles
ausgespielt ist, so bleiben diese Zahlen stehen.

5.

Wenn einer oder mehrere Mitspieler Jungfern
sind, d. h. noch keine Zahlen nach Anschreibung
des letzten Spieles haben, so hat sich dor Verlierer,
je nachdem mit einer oder allen Jungfern gespielt

9

wird, 2 oder so viel Striche anzuschreiben, als
Jungfern vorhanden sind.

Anmerk. Es können hier jedoch nur die Jungfern
des oder der Gewinner in Betracht kommen.

6.

Beträgt das Spiel an und für sich 60 resp.
80 oder mehr, so gilt dies als Strich per se. In
diesem Falle ziehen die Jungfern nicht und bleibt
das bereits Angeschriebene stehen.

7.

Beim Kartengeben, das von rechts nach links
geht, müssen stets 5 Karten auf einmal ausgegeben
werden und ist der Scat in der Mitte zu legen.

8.

Wer während des Spieles eine Karte verräth,
hat sich 10 anzuschreiben, und bleibt dann dem
Spieler das Recht einzuwerfen, doch muss dies sofort geschehen. Ist eingeworfen, so giebt der Nächste
Karte. — „Ziehen“ während des Spieles ist Karte-
verrathen und kostet 10.

9.

Wer sich verlöffelt, oder nicht in der in 7.
angegebenen Weise löffelt, hat sich 10 anzuschrei-

ben und noch einmal zu löffeln. Bemerkt Jemand,
dass er sich verlöffelt hat, so kann er für sich belegen, muss noch einmal löffeln, bekommt aber
keine Strafe.

Bemerkt hingegen ein anderer, dass er zu viel
oder zu wenig Karten bekommen hat, und klagt er
den Kartengeber nicht des Mogelns an, so verfällt
er selbst in Mogelstrafe.

10.

Hat sich Jemand zu wenig angeschrieben und
wird er abgefasst, so muss er sich das Fehlende
doppelt anschreiben. Hat hingegen Jemand zu viel
angeschrieben und wird abgefasst, so bleibt das
Angeschriebene stehen.

Anmerk. Abgefasst kann Jemand werden, sobald
das erste Blatt des nächsten Spieles ausgespielt ist.

11.

Mogeln kostet einen Strich. Beschuldigt Jemand
einen Anderen fälschlicherweise des Mogelns, so bekommt er bei 3 Spielern 10, bei 4 Spielern 20.

12.

Wenn alle Spieler passen, so kann nach Ueber-
einkommen „Letzter Stich" gespielt werden und erhält derjenige, der den letzten Stich bekommt, 20 Points.

Die Karten ziehen hier blos der natürlichen Reihenfolge nach, als: Ass, König, Ober etc.

13.

Hat Jemand beim Einsetzen in den Bierscat
noch ein halbes Glas, so zieht dieses als ganzes
mit in den Bierscat.

14.

Die Berechnung der Zeche geschieht nach einfacher Gesellschaftsrechnung.

Lachs.

1.

Eine allotropische Modification des Bierscates
ist der sog. Lachs.

2.

Beim Lachs wird nach den gewöhnlichen Regeln
des Scates gespielt und zwar bei 3 Spielern 200,
bei 4 Spielern bis 300 und hat derjenige, der zu
erst diese Zahl erreicht, den Lachs gefangen, d. h.
das getrunkene Bier zu bezahlen.

3.

Wird nicht speciell bestimmt, wieviel in den
Lachs getrunken werden kann, so zieht von Jedem
blos ein Glas hinein.

4.

Anolog dem gewöhnlichen Bierlachs ist der
Weinlachs, Kaffeelachs etc.

5.

Werden verschiedene Stoffe getrunken, so
müssen sich die Spieler darüber einigen, in wie
weit der Geldbetrag der verschiedenen Stoffe ein-
gerechnet wird.

6.

Wer beim Lachs mogelt, kann wie im Bierscat abgefasst werden und hat dann der Abgefasste
das Spiel doppelt anzuschreiben, wenn das Mogeln
geschah, während das Spiel im Gange war. Ist
gemogelt worden, bevor das Spiel erklärt war, so
kostet es 30.

II.

Quodlibet.

Dies ist ein Bierspiel von 12 verschiedenen
Touren und kann von 4 oder 5 Personen gespielt

werden. Eine Taille ist gespielt, wenn die 12 Touren durchgespielt sind.

A. Allgemeines.

Nachstehende mit Kreide auf den Tisch zu zeichnende Figur,

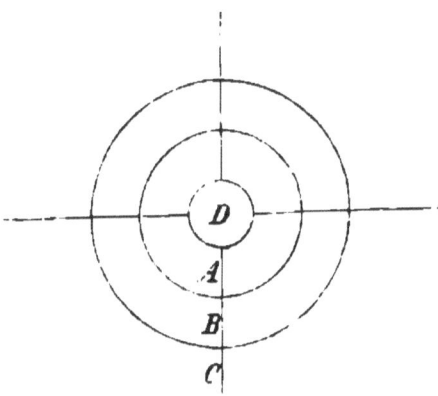

die bei 5 Personen eine natürliche Abänderung erleidet, ist zur Aufnahme der Striche bestimmt und zwar kommen in A die Hunderter, in B die Zehner und nach C die Einer. Raum D dient zur Aufnahme des Dreckes. Bevor das Spiel beginnt, wird eine Person gewählt, welche während des ganzen Spieles den Dreck zu führen hat, und darf sich dann bei Strafe kein Anderer in das Anschreiben mischen.

Kartengeber ist bei jeder nächsten Tour stets

13. Tour:

Erster und Letzter.

Der erste sowohl wie der letzte Stich kostet für den Stichnehmer 10.

C. Strafen.

Einen Strich erhält der, welcher nach der Aufforderung „1 ist 1, 2 ist 2, 3 ist 3" nicht ausspielt oder zugiebt, oder falsch ausspielt oder bei der 7. Tour vergisst „weiter" zu sagen etc. Mogeln kostet 50 Points.

D. Berechnung.

Diese ist ebenso wie die Rammes-Rechnung.

III.
Rammes.

§. 1.

Hierzu braucht man alle 32 Blätter der deutschen Karte und haben dieselben ihre gewöhnliche Geltung; nur ist die Schell-Sieben, die sog. Belle, nächst dem Taus immer der höchste Trumph.

§. 2.

Die Zahl der Spieler kann 2—6 betragen.

2*

§. 3.

Der, welcher beim gewöhnlichen offenen Ver-
theilen der Blätter die Belle erhält, löffelt an. Er
lässt nach dem Mischen den linken Nachbar abheben und giebt dann von links nach rechts jedem
Spieler 5 Karten. Spielen nur 5 oder noch weniger, so legt er, bevor er sich selbst giebt, 5 Karten verdeckt hin, den sog. Blinden.

§. 4.

Hat der Geber jedem Spieler seine Anzahl
Karten gegeben, so deckt er das oberste der noch
übrigen Blätter als Trumpf auf und sagt: „Auf".
Erst nach diesem Commando dürfen die Spieler
ihre Karten aufheben.

§. 5.

Vor „Auf" schreibt sich jeder Spieler 3 Krux
($\times$ $\times$ $\times$) an, von denen jedes 5 gilt. Bei jedem
Stich wird 1 weggewischt und zwar so, dass zuerst
der Durchschnittspunkt weggewischt wird.

§. 6.

Ist „Auf" commandirt, so erklären sich die
Einzelnen der Reihe nach von links nach rechts
(Niemand darf sich vorerklären), ob sie mitgehen

wollen oder nicht und zwar mit den deutlichen
Worten: „ich gehe mit“ oder „ich passe“. Haben
Alle bis zum Vorhergehenden gepasst, so muss
dieser mitgehen, doch steht es ihm frei, den Blinden zu nehmen. Ist kein Blinder vorhanden, so
kann er sich ohne' Strafe legen.

§. 7.

Der Blinde spielt zuerst aus. Wer den Blinden nimmt, muss sich sofort erklären, ob er mitgehen oder sich legen will. Legt er sich, so bekommt er 1 Krux.

§. 8.

Der Kartengeber kann den aufgelegten Trumph
hereinnehmen gegen eines seiner Blätter, das er
verdeckt weglegt, aber nie eher, als bis sich seine
Vorgänger erklärt haben, weil es sonst als Vorer-
klärung gilt. Ist das aufgedeckte Blatt die Belle,
so deckt er das nächste Blatt noch auf, als bestimmten Trumpf und kann beide Blätter ein-
nehmen.

§. 9.

Passt der Geber, so bekommt der Nächste zur
Rechten, nota bene wenn er nicht den Blinden hat,
den aufgedeckten Trumpf, ebenso wenn der Geber
in den Blinden geht.

22

§. 10.

Farbe muss stets bekannt und überstochen werden.

§. 11.

Wird die Belle vom Trumpf-Ass abgefasst, d. h. fällt sie mit diesem zusammen, so bekommt der Eigenthümer der Belle 1 Krux. Wer die Belle verdeckt zugiebt, bekommt in jedem Falle 2 Krux. Jeder kann nach Beendigung des Spieles nachsehen, ob dies der Fall gewesen ist.

§. 12.

Gehen Drei mit, so muss erst 2mal, gehen Vier mit 3mal mit Trumpf gefordert werden etc. Hat Einer der Mitspielenden keinen Trumph, so muss er eine Karte verdeckt ausspielen. Unter 2 Spielern braucht kein Mal gefordert werden.

§. 13.

Legt sich unter Zweien der Blinde, so kann der Andere sich 1 Krux abwischen.

§. 14.

Derjenige, welcher abhebt, muss die unterste Karte sich ansehen und merken. So wie „Auf" gesagt ist, kann ihn der Geber sowohl, wie jeder der Mitspieler ihn darnach fragen. Auch der

Geber kann nach der untersten Karte gefragt
werden.

§. 15.

Wenn falsch gegeben, oder vergisst der Geber
statt des Trumpfes ein anderes Blatt wegzulegen,
so gilt das Spiel nicht, bekommt der Geber 1 Krux
und der Nächste giebt weiter. Das Abfassen gilt
erst nach „Auf".

§. 16.

Hat Einer sich alle Striche abgewischt, so
schreibt er sich unter Publication von tempus per-
petuum ein Exkrux $\times$ an und hört auf zu spielen,
bis alle Andern ebenfalls fertig sind.

§. 17.

Hat Einer blos noch 5 oder weniger, so muss
er dies annonciren, andernfalls er in dieser Löfflung
nicht ex werden kann, sondern mindestens 1 behält.

§. 18.

Sobald Einer fertig geworden ist, wird von
einem beliebig erwählten Protokollanten die Zahl
der Striche von jedem Uebriggebliebenen notirt,
wird ein Zweiter fertig, so wird die Zahl der noch
dastehenden Striche zweifach, wird ein Dritter fertig,
dreifach etc. dazu addirt.

§. 19.

Wird der Vorletzte in einer Taille fertig und bekam der Letzte keinen Stich, so bekommt er keine Strafe dafür mit angeschrieben.

§. 20.

Bei Beginn einer neuen Taille giebt der zuletzt Uebriggebliebenen an.

§. 21.

Hat Jemand nach „Auf" vom vorhergehenden Spiele Striche nicht weggewischt, so bleiben dieselben stehen.

§. 22.

Entfernt sich Einer der Spieler vom Tisch, so muss er „tempus" sagen und kommt er wieder, „tempus ex". Ebenso kann Jemand um tempus bitten, wenn er mit etwas Nothwendigem beschäftigt ist, z. B. wenn er das Protokoll führt.

§. 23.

Will ein Passender, nachdem sich Alle erklärt haben, den Blinden ansehen, so hat er „ohne" zu sagen.

§. 24.

Die letzte Taille muss vorher angesagt werden. Wenn Jemand mitten im Spiele aufhört, so
bekommt er bis zur nächsten Taille seine Points
1fach, 2fach etc. wie die Uebrigen angeschrieben.

§. 25.

Mogelt Jemand, der schon ex ist, so bekommt
er den Durchschnitt der bis dahin bestehenden
Summe aller Taillen angeschrieben.

§. 26.

Strafen sind:

A. Cruxe.

Einen Krux bekommt:

1) Wer bei „Auf" noch nicht drei Kruxe aufge-
schrieben hat, wenn er „tempus ex" oder gar
kein tempus vorher hatte.
2) Wer falsch Karten giebt.
3) Wer als Abheber oder Kartengeber das unterste Blatt nicht weiss. Der Gefragte kann
3mal rathen.
4) Der Fragende, wenn der Gefragte das unterste
Blatt weiss oder verräth.
5) Wer keinen Stich bekommt.
6) Wer sich auf den Blinden legt. Geht der

Blinde mit und bekommt keinen Stich, so erhält er 2 Kruxe.

7) Der, bei dem die Belle abgefasst wird.

8) Der vor „Auf“ seine Karten aufhebt.

9) Wer den Blinden ansieht, bevor sich Alle erklärt haben.

10) Wer sich einer anderen offenbaren grösseren
Mogelei schuldig macht, z. B. nicht tempus
oder tempus ex sagt etc.

B. Striche.

Einen Strich bekommt:

1) Wer ein Blatt verräth.

2) Wer sich vorerklärt.

3) Wer den Dreck verräth.

§. 27.

Die Berechnung ist folgende:

Man addirt die im Protokoll verzeichneten
Posten der Einzelnen, subtrahirt davon die in
Pfennigen ausgedrückte Zeche, dann dividirt man
mit der Anzahl der Spieler in den erhaltenen Rest
und subtrahirt den Quotienten von dem im Protokoll verzeichneten Zahlen, wodurch die Zahl der
Pfennige gefunden wird, die jeder Spieler zu bezahlen hat; ist diese Zahl eine negative, so kommt
sie den Uebrigen zu gleichen Theilen zu Gute.

IV.

Cerevis.

§. 1.

Das Cerevis ist ein Bierspiel mit vollen Karten unter 4 Personen, dessen Eigenthümlichkeit
darin besteht, dass in demselben der Verlust eines
Spieles nicht die Zahlung von Zeche zur Folge
hat, sondern dass Jedes Strafe mit einem gewissen
Quantum Bier abgetrunken wird.

§. 2.

Es wird, nachdem gegeben und nachstehende
Cerevisfigur:

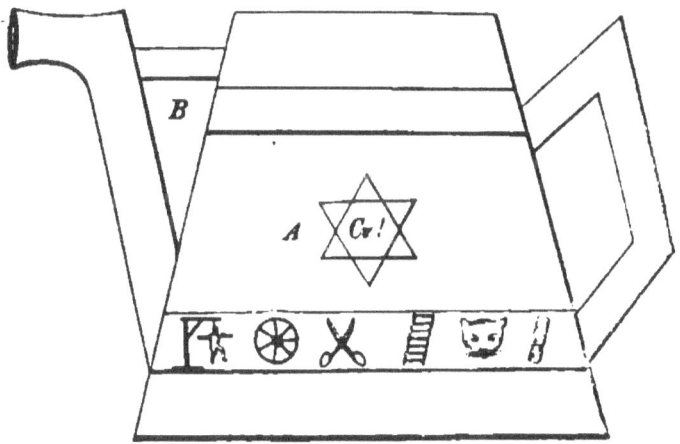

auf den Spieltisch gemahlt ist, das Spiel durch
das Lied: „Cerevisiam bibunt homines" eröffnet.

§. 3.

Statt der Worte: Karte, Spielen, Geben, Ab-
nehmen, Kreide, Bier sind die Ausdrücke: Löffel,
Löffeln, Ablöffeln, Dreck, Cerevis oder Stoff zu ge-
brauchen. Die einzelnen Karten sind zu benennen:
Ass = Grosser Leichtsinn.
König = Rülps.
Ober = Saumensch oder Oberkaffer.
Unter = Waldfurz oder Unterkaffer.
Zehn = Decuma.
Neun = Nona.
Acht = Octova.
Sieben = Septima.

§. 4.

Demjenigen, der gegen diese Benennungen ver-
stösst, können 3 Schwalben (X X X) angedreckt
werden; ebenso demjenigen, der eine Zahl sagt,
ohne sofort hinzuzufügen: „Ohne laut zählen zu
wollen". Jeder Spieler hat das Recht dem Feh-
lenden 3 Schwalben anzudrecken.

§. 5.

Jeder erhält 4 Löffel. Die beiden Gegenüber-
sitzenden spielen mit einander und haben darauf

zu sehen, in ihren Stichen möglichst viele Augen
zu bekommen. Es wird von rechts nach links gelöffelt, gespielt und ebenso abgehoben. Wer vor-
löffelt oder vor der Zeit abhebt, dem können
3 Schwalben angedreckt werden, ebenso dem, der
nach 3 maliger Aufforderung nicht auslöffelt oder
abhebt.

§. 6.

Der Dreck ist bei Strafe von 3 Schwalben in
den Raum A zu legen, die Karten nach dem Löffeln in den Raum B. Nachdem gelöffelt, hat der
Löffler zu sagen: „Dreck und Löffel liegen auf",
vorher hat Niemand seine Karten anzusehen.

§. 7.

Es wird weder Farbe bedient, noch sticht eine
höhere Karte eine niedere, sondern blos Gleiches
sticht Gleiches, z. B. Rülps sticht blos Rülps.

§. 8.

Der gebrauchte Dreck muss mit den Worten:
„Ohne Dreck berührt zu haben" stets an seinen
Platz gelegt werden. Wer an der Cerevisfigur
Etwas ändert, muss dies mit den Worten; „Ohne
an der hochwohllöblichen Cerevisfigur das Geringste
veronaniren zu wollen" thun.

§. 9.

Hat Jemand sein Glas ausgetrunken, so muss er dies mit den Worten anzeigen: „Tempus für Biergeschäfte" und ähnlich, wenn er ein neues Glas bekommt: „Tempus für Biergeschäfte ex". Im Uebrigen ist auch tempus und tempus ex zu nehmen.

§. 10.

Fallen in einen Stich 4 gleiche Karten, so ist „Schmollis" und das Spiel zu Ende; was mit dem Liede: „Herr Bruder zur Rechten etc." angezeigt wird.

§. 11.

Bekommt eine Partei keine oder höchstens 10 Augen, so erhält sie einen Galgen, kommt sie bis mit 20, so erhält sie ein Rad, bis mit 30 eine Scheere, bis mit 40 eine Leiter, bis mit 50 einen Katzenkopf, bis mit 60 einen Balken.

§. 12.

Diese Figuren müssen von der Partei, die sie concedirt hat, vor jeder neuen Löffelei, abgetrunken werden, worauf sie die andere Partei nach der Aufforderung: „Ich bitte um Quittung" mit einem Striche zu testiren hat. Ist die Aufforderung nicht geschehen, so kann die Figur nach dem ersten ausgespielten Blatte der nächsten Löffelei abgefasst werden und muss sie dann noch einmal abgetrunken werden. Dreckt eine Partei eine Figur falsch an, so kann sie abgefasst werden und erhält die betreffende Figur 3fach; die erstere bleibt aber ebenfalls gültig.

Anmerk. Beim Zeichnen von Rad, Leiter u. Katzenkopf muss die Zahl 7 vertreten sein, also z. B. 7 Sprossen in der Leiter, 7 Haare am Katzenkopf etc.

§. 13.

Beim Abtrinken einer jeden Figur wird ein Lied gesungen. Beim Galgen: „Euch sieht man's an den Federn an etc.", bei dem Rade: „Das menschliche Leben eilt schneller dahin etc.", bei der Scheere: „Der Bürgermeister Freudenreich hat uns etc."; bei der Leiter: „Ein altes Weib wollt' etc."; beim Katzenkopf: „Haarig, haarig, haarig ist die Katz etc."; beim Balken: „Du, du liegst mir am Herzen etc.".

§. 14.

Je nachdem gespielt wird, gilt der Galgen ein ganzes oder halbes Glas, die übrigen Figuren gelten dann entsprechend weniger. Beim Balken wartet man in der Regel, bis 2 vorhanden sind, ehe man sie mit einem Stück abtrinkt.

§. 15.

Von den Schwalben werden 18 auf einmal mit einem Stück abgetrunken und muss der Betreffende dies mit den Worten annonciren: „Meine Schwalben wollen steigen", worauf jeder Andere zu sagen hat: „Lass sie steigen". Sollte Jemand mehr als 18 Schwalben haben, so kann er durch die Formel: „Ich kann mit meinem Nachbar zur Linken oder Rechten, oder mit meinem vis-à-vis nicht mehr weiter studiren", zum Abtrinken derselbe aufgefordert werden. Sind die Schwalben getrunken, so werden sie ausgewischt.

§. 16.

Glaubt Jemand, dass er unrechtmässiger Weise Schwalben angedreckt bekommen hat, so kann er den Ankreider um Aufklärung bitten, kostet dieses aber je nachdem für ihn oder den Ankreider das 3fache der angedreckten Schwalbenzahl.

§. 17.

Das Spiel wird mit dem Liede: „Cerevisiam bibunt homines etc." geschlossen.

V.
Schafkopf.

§. 1.

Die Karte wird gleichmässig unter die vier Spieler von links nach rechts vertheilt, und zwar so, dass jeder auf einmal 4 Blätter erhält. NB.! Wer sich vergiebt, erhält, sobald er nicht für sich belegt hat, einen Strich unten, und das Löffeln geht weiter.

§. 2.

Die Trümpfe sind: Eichelober (der Alte), Grünober (die Baste), Rothober, Schellober, die vier Wenzel in gleicher Reihenfolge wie die Ober, dann das übrige Schellen.

§. 3.

Der König sticht über die Zehn.

§. 4.

Farbe muss wie beim Scat bekannt werden.

§. 5.

Es spielen stets die beiden zusammen, welche den Alten und die Baste haben.

§. 6.

Fallen beide Alte in einen Stich zusammen, so werden auf Rechnung dessen, der die Baste hat, 4 Schnäpse gepfiffen.

§. 7.

Sind Alter und Baste in einer Hand, so ist Attention. Der Besitzer wählt sich dann eine beliebige Karte, welche mitgehen soll; doch darf er keinen Ober wählen.

§. 8.

Der, welcher die beiden Alten hat, kann jedoch auch Solo, d. h. gegen die 3 anderen spielen.

§. 9.

Gewonnen hat die Partei, welche die Alten hat, wenn sie mindestens 61 Points in ihren Stichen zählt; die andere Partei jedoch schon dann, wenn sie 60 Points zählt; deshalb ist diese Partei auch schon dann aus dem Schneider, wenn sie 30 Points zählt.

§. 10.

In Bezug auf das Anschreiben gilt folgendes: Einfaches Spiel kostet für die Partei, welche gegen die Alten spielt, 1 Strich unten; für die Alten selbst 2; einfaches Spiel mit Schneider 2, resp. 3; schwarz 3. Attention kostet 2 resp. 3, mit Schneider 3 resp. 4, Schwarz 4 Striche unten. Ein gewonnenes Solo kostet jedem Verlierenden 2, mit Schneider 4, Schwarz 6 Striche unten; durch ein verlorenes Solo fährt der Spieler sofort bei, d. h. er erhält einen Strich oben.

§. 11

Hat einer der Spieler 7 Striche unten, so führt er bei und die Striche der anderen Spieler unten werden gelöscht. Hierbei ist noch zu bemerken, dass das Beifahren mit Jungfer im Schafkopfspiel nicht existirt.

§. 12.

Schafkopf kann auch unter 5 gespielt werden; der jedesmalige Kartengeber spielt dann nicht mit, gewinnt und verliert aber mit dem Alten.

§. 13.

In Bezug auf das Ausrechnen, Mogeln und Belegen gelten dieselben Regeln wie beim Bierscat. Doch sind hierbei noch folgende Bemerkungen zu machen.